KB194384

외등과 나

외등과 나

발행일	2025년 5월 7일		
지은이	이현정		
펴낸이	손형국		
펴낸곳	(주)북랩		
편집인	선일영	**편집**	김현아, 배진용, 김다빈, 김부경
디자인	이현수, 김민하, 임진형, 안유경	**제작**	박기성, 구성우, 이창영, 배상진
마케팅	김회란, 박진관		
출판등록	2004. 12. 1(제2012-000051호)		
주소	서울특별시 금천구 가산디지털 1로 168, 우림라이온스밸리 B동 B111호, B113~115호		
홈페이지	www.book.co.kr		
전화번호	(02)2026-5777	**팩스**	(02)3159-9637

ISBN   979-11-7224-618-1 03810 (종이책)   979-11-7224-619-8 05810 (전자책)

이 책은 저작권법에 따라 보호받는 저작물이므로 무단 전재와 복제를 금합니다.
이 책은 (주)북랩이 보유한 리코 장비로 인쇄되었습니다.

(주)북랩 성공출판의 파트너

북랩 홈페이지와 패밀리 사이트에서 다양한 출판 솔루션을 만나 보세요!

홈페이지 book.co.kr   •   **블로그** blog.naver.com/essaybook   •   **출판문의** text@book.co.kr

---

작가 연락처 문의 ▶ ask.book.co.kr

작가 연락처는 개인정보이므로 북랩에서 알려드릴 수 없습니다.

이현정 시집

외등과 나

차례

제1장

또 다른 나에게로 가는 여정 *9*

자연의 자장가 *10*

화끈한 소식 *11*

낮과 밤 *12*

유감 *12*

세월의 교향곡 *14*

맛깔스런 너스레 *15*

겉과 속 *16*

돌연변이 *17*

제2장

억새 *21*

하얀 낮달 *22*

막바지 사연 *23*

어깃장 눈이 와요 *24*

그래도 때는 흐른다 *25*

허세와 실세 *26*

금붙이 햇살 *27*

가정 교육 *28*

저자와 독자 *29*

제3장

능선 길 *33*

말 한마디 *34*

지구가족 *35*

시골길 *36*

신선놀음 *37*

묘한 승부 *38*

홀몸 정신 *39*

땅속 화덕 *40*

진화의 길 *41*

제4장

묵상에 대하여 *45*

속사정 *46*

간접 체험 *47*

꽃과 열매 *48*

산불 조심 *49*

충격 여파 *50*

여야 공방 *51*

어쩜 좋아 *52*

웃기는 영정 사진 *53*

제5장

귀동냥 *57*

서툰 기술 맛보기 *58*

침묵의 동반자 *59*

고향의 소리 *60*

대책 없는 실책 *61*

새벽 시간 *62*

어떤 날 *63*

손이 거울이다 *64*

기억에 산다 *65*

제6장

멍하고 찡하다 *69*

혼비백산 *70*

장수촌 사람들 *71*

물 따라 길 따라 *72*

목숨값 *73*

한 해의 마지막 날 *74*

노을빛 *75*

외등과 나 *76*

꿈결 같은 잠결 *77*

제7장

늑장사연 *81*

동포사회 *82*

황톳길 *83*

웬일이니 *84*

강화가 제일이다 *85*

새끼 사자 *86*

변신 *87*

막무가내 *88*

현장 정의 *89*

제8장

기막힌 마음 *93*

주거지 고민 *94*

여우비 *95*

내 안에 비밀 *96*

되풀이 *97*

어리석은 처신 *98*

자살 등급 1위국 *99*

풍치림 *100*

마침내 *101*

제9장

11월 소묘 *105*
마무리 *106*
갈증과 갈등 *107*
있는 이대로 *108*
신선미 오류 *109*
현장 답사 소견 *110*
추위와 더위 *111*
이끼 안식처 *112*
가을 빛깔 *113*

제11장

신선놀음 *129*
작품과 인품 *130*
효자 남자 *131*
원근법 감상 *132*
걸음마 작전 *133*
노을 *134*
맨발 소동 *135*
무병장수 *136*
불행 속 다행 *137*

제10장

구차한 기다림 *117*
세대 차이 *118*
숨 쉬는 순간 *119*
죽음의 이해 *120*
이웃 소식 *121*
유혹의 입김 *122*
완전한 포옹 *123*
부귀영화 *124*
말 대신 글 *125*

제12장

관용 *141*
나의 분신 *142*
새벽 까마귀 *143*
서로 다른 사정 *144*
중독될까 무섭다 *145*
부침개 부치는 내력 *146*
지구의 경고 *147*
오물 풍선 *148*
불면의 공포 *149*

제 1 장

또 다른 나에게로 가는 여정

한 해의 분수령 시작 시점에
봄기운이 한창인 생동감이
경건하게 아침을 맞이하고
밤을 신성시하는 과업에 든다.

비록 몸이 마음 같지 않아
또 다른 나에게로 가는 여정이지만
하루살이 길잡이에 손잡이 노릇이
마냥 분주한 더듬이를 닮는다.

생각의 가지치기로 중심을 잡아
죽기 마련인 목숨이
살기 나름인 가치관에 충실하도록
몸조심, 마음조심, 말조심에 진심이다.

자연의 자장가

자연이란 어머니의 자장가는
삼라만상을 넘나드는 소리에 스며 있고

가사와 곡조가 어우러진 자장가는
사랑을 퍼 나르는 음성에 녹아 있다.

꿈결에 아가가 요람에 흔들리듯
잠결에 노인이 자연에 맡겨지듯~

화끈한 소식

만물의 조바심을 식혀 주는
소나기 한 자락이 화끈하게 쏟아진다.

통일 염원이란 민족의 갈증 위에
쏟아져 마땅한 소식이 아니더냐.

만인의 염원을 헤아리는 하늘이시여,
한 많은 우리가 복 많은 무리 되게 하소서.

하나로 뭉쳐지는 민족의 기쁨이
기적의 금자탑을 길이 남기우리다.

낮과 밤

낮은 나름으로 고집스런 풍광인데
기억을 헤집는 밤의 속성이
잠들지 못하는 긴장을 부추긴다.

실망스럽다 못해
건강이 가출 위기에 놓이자

수면제를 배척하는 의지가 지붕이 되고
운동 신경 분출 작전이 내실이 되어
선물 같은 나날의 밑그림을 그린다.

유감

마주 베풀고 싶은 진심이 진국인데.
일회용으로 그치려는 만남이 유감이다.

이목에 갇혀
체면에 밀려

바람마저 겉도는 인사치레 하나로
멀어져 가기 정말 너무 아쉽다.

전생에 그는 나의 무엇이었을 거야.
금생이 찡하도록 애타는 거시기!

세월의 교향곡

장중한 이별의 교향곡처럼
역사를 대물림하는 세월이 가네.

본보기를 보이는 내용을 담고
마무리에 실한 신념을 안고

이별에 길들여진 막바지 세대가
고령사회 문답지 빈칸을 채우네.

맛깔스런 너스레

40년을 한결같이 살아온 아차산 길머리
이맘때 한창이던 개나리 진달래가 보고 싶다.

멀리서 보노라면 서로 섞여
개달래 진나리가 되었다던
사춘기 아들의 맛깔스런 너스레와 함께.

-나는 무지 보고 싶은데 너는 아니지-

그 말 한마디를 움켜쥔 채 그도 늙어
백발이 성성한 초로의 신사 멋을 풍긴다.

겉과 속

겉만 보고
아름다움은 오래가지 않는다고 한다.

생존과 생활을 넘나들며
최선을 다하는 속은 무너진다.

세속적인 겉모습과 정제된 속뜻을
동시에 읽는 마땅한 말이 없어

철 갈이와 물갈이에 여념이 없는
생명체의 곱디고운 본질은 외롭다.

돌연변이

홈페이지를 여는 순간 날마다 새로운
신세계 돌연변이가 펼쳐진다.

누가 왜 이 같은 정성을 베풀고
나는 어쩌다 이런 신비경에 빠져드는지.

날로 밀도가 높아지는 기술시대 묘미를
나 홀로 감당할 대책이 없어

보답코자 하는 정성이 접근성을 높이고
호기심과 기대가 작품세계 윤기를 더한다.

제
2
장

억새

외톨이 서러움을 품어 주는 시가 되어
억새가 우거진 곳에
나들이객이 줄지어 꽃가마를 탄 형국이다.

동행을 아랑곳 않는 처신이 우아해서
한결같은 한해살이 억새밭에
한때나마 하나가 되고 싶은데

꿈을 꾸다 서리꽃 핀 추억 홀로
고즈넉한 풍경에 동화되어
펼쳐진 날개를 접을 길 없어라.

하얀 낮달

늦가을 해가 중천에 떠 있는데
맞은편에 하얀 낮달이 떠서
자리를 쉬이 뜰 수가 없다.

아버지를 여읜 어린 시절 몸부림이
평생을 노 저어 가슴에 품게 된
진통제 같은 저 얼굴 못 잊어.

막바지 사연

삶에 얽인 사정에만 골몰한
기억의 막바지 사연들로
미련은 늙지도 않고
갈수록 가슴이 뭉클할 지경이다.

이 한 몸 죽어지면 화석이 되고
사랑이 식어지면 보석이 되고 진
저마다의 안방 차지 인생사가
뜬금없고 구차한 곡예의 연속인지라.

어깃장 눈이 와요

본격적인 추위도 오시기 전에
아닌 밤중에 손님격인 갈팡질팡 눈이 와요.

이상 기온이 문란하다손
농사일도 장사일도 남의 일 같지 않은
속내까지 얼룩지게 하는 어깃장 눈이어요.

앉을 자리를 찾지 못하는 어리둥절 눈 사정은
통념을 벗어난 성싶은 안절부절 눈이네요.

그래도 때는 흐른다

안부 전화 목소리에 감전이라도 된 듯이
별안간 너무나도 보고 싶다.

가고 말고 할 입장이 못 되고 보니
오라고 해야 하나, 말아야 하나.

눈이 충혈되고 가슴이 난장판이 되도록
그리움은 고열로 치닫는데

어둠에 익숙한 보호 본능 보듬고
그래도, 그럼에도 때는 흐른다.

허세와 실세

외로워하는 이에게
외롭지 않으면 짐승이라고

초연한 척하던 허세가
무시로 나를 아프게 하는 이즈음이다.

진정에 주린 자를 말없이 안아 주는 소견이
허세와 실세를 한 아름에 녹이는 줄 그땐 왜 몰랐을까.

금붙이 햇살

찬란한 아침 햇살이 막연했던 행복을 해부해요.
피부에 와닿는 기쁨을 온통 기력 보강으로 채워요.

사방에 투명한 사철 사랑 자랑이 분분하여
나들이객을 맞는 축제 소식이 전파를 타니까요.

접근성을 따질 틈 없이
유명세를 타는 현장이 화면을 채워요.

금붙이 햇살 아래 복되지 않은 생명체가 없다고
웅성거리는 잎새들의 바람결마저 홍거워요.

가정 교육

아파트 단지 안에 어린이들이
마주치는 대로 인사를 한다.

아이구, 예뻐라!
웃음 함빡 머금은 달레 말이 절로 나온다.

가정 교육에서 비롯된 인성이 자라
미래의 덕목이 되게 마련이니까.

어린이들의 인사성에 박혀 있는
인간미의 효능을 읽는 이유입니다.

저자와 독자

독자와 저자는 서로의 에너지원이다.

시간을 초월한 어깨동무처럼
서로를 지키고 아끼는 한통속이다.

어부지리 영양소가 도우미급이 되는
저자와 독자 사이

서로에게 유익하고 다채롭기 소원이어라.

제
3
장

능선 길

웅장한 골짜기를 굽어보는 능선 길에
나란히 줄지은 사람들에게서

만물의 영장으로 살아남은
후예의 기상이 두드러진다.

거룩한 자연의 업적과
혼연일체가 된 인간의 행적이

시대정신을 실현하는
투지의 본보기 그 끝을 모를 레라.

말 한마디

'내가 데리러 갈 테니 준비만 하고 있어.
데리고 왔다가 다시 데려다줄 거야.'

미국이 어딘데 차마 그럴 수는 없어
북받치는 심정으로 말을 삼가는 중에

동생도 나도 환경이 바뀌고
통화 여건도 어긋났지만

결의에 찬 동생의 그 말 한마디에서
나는 줄곧 삶의 에너지를 얻고 있다.

비록 바깥출입이 어려운 지경에 이르렀어도
보고 싶은 열망이 나를 진정 가치 있게 만든다.

지구가족

그새 무르익은 봄기운이
사람 틈을 파고드는 작전에 들었어요.

사월의 소신이 적극성을 보이자
관광 기류에도 새 기운이 감돌고

사랑의 성소가 된 마음가짐들로
주변을 돌보는 지구 가족 가운데

우후죽순 희망의 싹이
성시를 이루는 거기가 여기래요.

시골길

양쪽 겨드랑이에 들판을 거느린 시골길이
무슨 연유에서인지 나를 반긴다.

숙연한 세상인심에서 벗어난 발길 반가워
낯선 사이에 낯익은 바람 부는가 보다.

그래, 그래, 그렇게
안녕이란 인사말은 비늘을 일으키고

말 없는 정겨움 속에
나는 우리가 되어 한 뭉치로 빛나는 거다.

신선놀음

장수 비결이 숨어 있는
백 세 시대 등장인물 주변에
가려진 희생정신이 한계점을 넘나든다.

자중자애하는 도리로 자리매김한 효심 뒤에
가라앉은 인권은 시효를 잃었어도
막무가내인 형국에 나는 생각한다.

자식에 기대지 않고 남의 손 빌지 않고
버티는 시점을 한계점으로 설정한
여로에 종지부를 찍을 수 있기만을!

묘한 승부

입이 근질근질
마음이 싱숭생숭하다는 친구는
전화통에 나를 붙들어 놓고
서로의 인내심을 저울질하련다.

너는 그렇다손
나는 무슨 죄냐?

선택받은 자만이
입을 열게 되는
독거노인 시대 이치를
알려 주는 스승이고자 함이란다.

홑몸 정신

다시 태어나고 싶지 않은데
전생이 있어 금생이 살판나고
금생에 의해 후생이 판가름 난단 말

말마디 족쇄는 보이지 않고
언짢은 속내가 복병을 이룬다.

허세가 어쩌지 못하고
호사가 요사스런 일 하지 못하게

잊고, 잊혀지고자,
영생을 가다듬는 홑몸 정신이
자기쇄신에 고개 숙인 일념이다.

땅속 화덕

소수 민족 마을을 둘러보다 익힌
땅속 화덕이
원초적인 그리움과 아쉬움의 대상이다.

각별함이 묻어나는 기다림의 결과
그 은은하고 촉촉한 음식의 향취라니!

이 바쁜 세상, 각박한 사정을 떨치고
세월아, 네월아,
시간을 초월해 꿈을 이룰 여지는 없어도.

진화의 길

어둠이 차지한 길을 헤쳐 나가기 위해
얼마나 고군분투했으면
지금에 이르는 진화의 길이 열렸을까.

생명체의 일상이 갸륵하기로
환경에 맞게 찾고 지키는 궤도에
진입한 과정은 속속들이 힘들었으리.

날마다 불거지는 현상 말미에
맡겨진 미래 지향성을
분수에 맞게 굳히고 받드는 한결같음이려니.

제
4
장

묵상에 대하여

오만에 굴하지 않고
대세에 휘둘리지 않고
나를 보존하고 발전해야 하는
의욕에 눈뜬 밤이 고되다.

벙어리 냉가슴안고
어디서 어디로 가는 어디쯤에 내가 있는지
울컥하는 의문을 부여잡고
혼자여야 흠결 없는 묵상에 빠져든다.

속사정

하늘이 희뿌옇다.
고민이 많은 성싶다.

왜 아니겠니,
티끌 같다는 인생도 이러하거늘.

간접 체험

돋보기 세상 체험에서
별천지에 나를 있게 하는
바오밥나무처럼 신기할까.

거꾸로 선 나무라는 그 이름에 걸맞게
뿌리째를 머리에 인 원통형 몸체는
수명이 수천 년에 이른다고 한다.

풀포기 나무 한 그루 용납하지 않는 풍토에
군자연하는 자태들이
됨됨이를 굳히는 간접 체험에 넋을 잃게 한다.

꽃과 열매

꽃이 죽어 열매 맺는 과정에도
비롯한 바에서 비롯한 바로 가는 이심전심이 통하는가.

숨아 내고 버려지는 틈틈이
생사가 마주한 상식은 뒷전인데.

허가 실을 찾아 미래를 돕는 길머리
엉뚱한 수확의 밑거름 흔적은 다들 알 바 아니로다.

우리도 그와 크게 다르지 않아
행선지 말미에만 실한 짝꿍이 아니더냐.

산불 조심

백번, 천 번을 말해도 성이 차지 않는 말이
바로 산불 조심이다.

역대 최악이라는 경북 북부 지역에
열흘에 걸친 재해를 입고 나서야
뼈저린 손실을 실감하는 오늘이다.

숲도 숲이려니와 인명 피해며 국가 유산 손실 등
역사와 전통의 근본이 소실된 이 노릇을 어쩌랴.

국민이 불철주야 두 손 모아 빌었건만
화마 속에 군림한 비극을 떨칠 수가 없었다.

충격 여파

비상계엄 선포라는 돌발 사태 충격이
시정잡배 수준으로 추락한 여파가
안보 외교 경제계까지 번지고 있다.

아무 일도 일어나지 않았다는데
건물 집기 파손에 민심이 조각났나?

탄핵이란 여야 공방은 국 격을 떨어뜨려
국제적인 위상은 패싱 위기에 놓이고
독재 성향에 멍든 민의가 좌초 위기더냐.

여야 공방

보수냐, 진보냐
공동체 말씨름이
허공에서 허우적거린다.

이도 그만, 저도 그만
근본은 같은데
여야 공방이 제철을 만났다.

정치가 쉬어 가도
자릿세는 있는 관행을
정립하는 언행이 가관이다.

어쩜 좋아

주변 인물들에 짐이 되기 싫어
없는 듯이 있고 싶은 이 고집을 어쩜 좋아.

앞이 캄캄하고
뒤가 허전하고

혼자라는 사실이 문득문득
버려진 것으로 느껴질 때

고질적인 고독에 뻥튀기 과제를 안겨
파장에 흔들리는 낙도 낙인가 보다.

웃기는 영정 사진

노년에 접어든 동창 모임이 제주도행을 실현 중에
말 타기 없는 말 탄 사진 촬영 후
반장 친구가 나에게 큼지막한 액자 선물을 했다.

영정 사진 하라는 그의 말소리에
숙소로 돌아오는 차 속은 웃음 범벅 소굴이었다.

각별하고 과분한 우정에 울먹할 지경이었건만
나는 그 마음을 재탕할 말을 몰라
무겁게 무심히 지난 지도 까마득한 얼마 만에

그는 몹쓸 치매에 걸리고
웃기던 영정 사진은 울리는 메아리를 곁들이고 있다.

제
5
장

귀동냥

길을 가다 말고 멈추어 선다.

장중한 합창곡에 넋을 잃어서다.

귀동냥이 준 곡조는 따라 부를 만큼 익숙한데

곡목을 찾지 못해

젊은 날의 기억이 여진을 일으킨다.

서툰 기술 맛보기

젊은 시대정신을 자세히 알고파
전전긍긍하던 순진성은 물 건너가고

허전한 마음에 무늬 넣고 색깔 입히느라
지칠 줄 모르는 서툰 기술 맛보기가

흡사 해파리 춤 전도사 격인
천방지축 사진 사랑을 겨냥해 있다.

시간은 하릴없이 남아돌고
선택에 갈급한 인도자는 어디에?

침묵의 동반자

하늘도 땅도 바위인데
나 홀로 나무라던 초년기를 지나

이 손으로 이름을 떨친다던 장년기는
주변의 위세에 가려 들쭉날쭉하더니

어쩌자고 아흔 고비에
그 많은 이야기를 하시던 길거리 도사 할아버지가
침묵의 동반자로 부상하는지.

다른 건 몰라도 올챙이 시절을 잊은 개구리가
이렇듯 양지바른 터전에 있어 그러한가 보다.

고향의 소리

맴! 매엠!
가창력이 뛰어난 매미 소리에
여름이 무르익는다.

때를 가리지 않고
고향 생각을 곱씹게 하면서

한 시절 담당인 채
그리움을 감당하는 생명의 소리다.

짧은 음절이 갖는 긴 여운은
모두를 있게 하는 교감 속에
언어를 초월한 느낌표라 할 만하다.

대책 없는 실책

혼자라서 허다한 시간 헛되이 보내지 않았건만
고심 중인 고독사가 대책을 물어
바닥난 여생이 혼수상태다.

다 내려놓을 차례인데
주야로 북적이는 고심 중에 있어도
저물녘을 책임질 대책이 없어

실책을 따지자니
너무들 오래 살은 결말이라고
장수가 허탈한 속내를 감추지 않는다.

새벽 시간

요소요소에 전달되는 약효와도 같은
새벽 시간 사랑은
외톨이의 전유물이다.

은연중에 차질이 빚어지면
군것질도 끼니가 되는
빈손의 쓸모가 큰 틀의 주인을 챙긴다.

다섯 시에 깨어난 맨정신 차지에
여섯 시가 넘나드는 자신감보다
거리낌 없는 자산은 없으니까.

어떤 날

동화 속에 팔 벌려 있는 어떤 날.
무지개다리를 넘나드는 마음 밭에
소금 뿌릴 일 없어

공중 곡예를 일삼는 유혹에
얼굴 붉힌 연륜이 함박웃음 중이다.

설혹 잡동사니 생각에 못을 박은
그 어떤 날이 아닐지라도
요지부동 종점에 안착했음이리라.

손이 거울이다

내 머리를 내가 자르는 내 손이 거울이다.

손가락 사이로 쥐어지는 머리카락의
길이와 부피와 느낌으로 커트가 단행되기 때문이다.

왼손이 제공하고 오른손이 자르고
두 손이 양쪽의 밸런스를 잡아 주면 뒷머리 손질은 끝이다.

웨이브가 타의 추종을 불허하는 바탕 덕에
모정을 향한 감사의 정이 생애를 관통한다.

어머니는 근본을 삭임질하는 최고의 손거울이어요.

기억에 산다

주변이 적막할수록
냉각기에 접어든 기억에 갇혀 산다.

부질없는 근심 걱정도
하릴없는 두려움도
퇴치하는 효력을 지녔음이다.

정신 차리라는 옛말이
사치의 극치를 달리는 적막강산이라서.

제
6
장

멍하고 찡하다

생일맞이 햇수가 각별한 까닭은
알면 알수록 멍하고
그 내용은 날이 갈수록 찡하다.

갖은 애환 끝에 마련된 만남은
어김없는 이별을 준비 중에 있어

뜬구름 잡기에 시달린 나머지
오리무중 저승길 나는 못 가네.

울다가, 울다가 강물로 흘러
사해에 이를지라도
근본을 찾는 방향 등에 화살표를 남기겠네.

혼비백산

혼비백산했다기에 물어보았다.
영혼이 무어게?

기체 버금가는 유사물질? 아님,
생명에 걸맞는 근본 그림자?

우리의 궁금증이 할 말을 잃는
영혼의 정체를 밝혀

죽음을 초월한 정신문화의
증인 되어질 날은 언제쯤일까.

장수촌 사람들

지구촌 탐방을 하는 중에
장수촌으로 이름난 곳을 골라
사람이 사는 형편을 보노라면

되는대로 먹고
주어진 대로 살아가는
체념의 빛이 한몫을 한다.

자연의 일부로 살아가는 한 평생을
복되다 할 것인가.
문화인의 안목으로는 그리 못 하겠네.

물 따라 길 따라

위대한 자연의 품 안에서
절경을 품은 산에 기대어
바다를 바라보는 사랑에 살다가
물 따라 길 따라 가노라네.

땅을 일구며 모래성을 쌓는 사람들이
물불을 다스리는 일념으로
산천의 기를 살려
자손만대 기강을 지키며 사노라네~

목숨값

태어난 도리를 다하고
사는 데 보람을 찾는 목숨값하기.

그 길에 신명을 바친
인생은 오래지 않아도
사무치는 맛이 일품이어서

슬퍼도 울지 않는 경지에 슬픔이
보폭을 늘리는 순조로운 여정이다.

무리하지 않고 성내지 않고
바르게 살아서 환영받는
하늘나라 확실한 고객 이고 져.

한 해의 마지막 날

사건 사고가 기승을 부리던
한 해의 마지막 날이 기울고 있다.

새로움의 시작을 알리는 새해맞이를 위해
서둘러 달력을 걸고 새 장을 펼친다.

온화한 기분이 기운을 좌우하는 모양새에
물레잦기 인생이 까치발 응답을 한다.

평화와 행복이 속살을 보일 정도로
만인에게 복된 해로 기억되는 한 해 되소서.

노을빛

노을빛에 잦아드는 순간 이동을 경험하면서
숨죽인 세상 속 속세의 사랑을 익혀 보자.

밀물과 썰물이 만나고 헤어지는
소리와 형상에 취하다 말고

바다에서 영생을 찾은 파도의 혼령이
노래하는 경지에 초대된 주인공답게.

외등과 나

날이 가고 달이 가고
해가 거듭 지나가도

일대일의 자존심을 지키느니
외등과 나뿐이다.

물과 바람이 빚는 풍경을 애석해하며
나는 흔들리는데 넌 어쩜 그렇게 한결같으냐.

사랑이 뭔지 몰라 늠름한 널 찾아
밤마다 나의 하루는 허무를 달랜다.

꿈결 같은 잠결

꿈결 같은 잠결에 실내악 지휘자는
나를 중심으로 분위기를 파악하고

나는 나대로 분수를 잊은 얼결에
물오른 행복을 헤적이고 있었다.

MZ세대 어리광으로
영광에 물든 색다른 교감은

잠결을 벗어난 숨결로 하여금
꿈을 꾼 기대치에 기대어 살란다.

제 7 장

늑장사연

구름과 한 가족을 이루며
고개 숙인 나를 보고
몸을 던진 바위는
호수 속에 하늘길을 열었다.

그림자 천지가 저물기 전에
세상 떠난 친구들이
줄줄이 나타나는 절차상
나 홀로 바람직한 늑장사연이고 싶다.

'빨리빨리'를 외치던 호들갑들이
그림자 일가를 감지하기까지
우여곡절이 겪는 사연이란
보청기 내력 속 해부학적 소견이 아닐는지.

동포사회

아리랑 가락에 목숨줄 걸어 놓고
에고지고 살아간 지 그 얼마 만인가.

해외 동포사회에서 권당 13불 80센트에 내 책이 팔리면서
1,000권 이상 주문 시 배송료 무료라는 기사가 뜬 후
곧장 한산해진 모습이 작은 시장 규모를 짐작케 했다.

낙원에서 무덤까지 가는 보장책인양
조국을 떠난 이들의 결의는 족히 영글었는지.

아리랑이 아파하는 소리로 들리는
사사로움에 사로잡히지 말자고
큰 손 내미는 품성이 마냥 반갑고 고마울 뿐이다.

황톳길

햇볕 쨍쨍 쏟아지는 황톳길 말고
소달구지 덜컹대는 시골길도 말고
우거진 숲속에 황톳길을 맨발로 걷고 싶어라.

그 길에 누가 있어 늑장 걸음을 마다하랴.
외로움이 새로움의 시작인 것 같은
그런 나로 거듭나는 매일을 다듬기 위해.

웬일이니

지역에 따라 더하고 덜한 차이는 있어도
전국적으로 보름째 열대야가 이어지고 있다.

식인 상어, 해파리 출몰 등
물놀이 사고가 충격적인 낮이나

휴식을 잊고 잠 못 들어
내일이 비상에 걸린 밤이나

하루살이 생존에 다름아닌 나를 거두어
동굴 속 평안에 눈독을 들인다.

강화가 제일이다

스칸디나비아 반도에서 유럽을 거쳐
북미대륙에 이르도록

널리, 아주 멀리 살아 보았지만
기후 좋고 공기 좋고 물산 좋기로 강화가 제일이다.

지역의 특색만이 아니라
홀몸 되어 찾아든 노쇠한 감성의 영향이 있음직,

말이 씨앗이 되어 속물 근성 북적일까 봐
한마디 곁들인다면 민도는 따로 놀더라.

새끼 사자

엄마 등에 업힌 아가처럼
쓰러진 나뭇등걸에 엎딘 사자 새끼가

어디선가 본 듯한 얼굴이라고
내게 말하고 싶은 눈치다.

사자의 경계를 잃은 동심과
사심 없는 노파심이 합쳐진 순간

자연이 품은 가족사 답이
경계를 허무는 움직임을 찾고자 한다.

변신

여행하고 여흥을 즐기고 몸 쓰는 일 없게 되자
멍때리기가 자기 정화 개발에 치우쳐 있다.

늙었어도 끼는 있는데
어찌 숨은 아픔이 없을 쏘냐.

막강한 잠재력의 주인으로 변해야 산다.
살아남는 수단을 오로지 정신 무장에서 찾아야 한다.

하노라면 헤매는 일 없는 나잇살에 힘입어
마음먹은 대로 되는 엄중한 나로 정제될 수 있다.

막무가내

그 언제였더라!
우리나라를 일러
'조용한 아침의 나라'라고 한 때가?

온 동네가 들썩일 정도로
막무가내인 마이크 소리가
여간 성가시지 않건만
시류에 어긋난 상술임에도
소음 공해 적용을 못 하는 모양새다.

안 하는지 못 하는지
산간벽지도 아닌데
지역의 체면을 구기는데도
상거래는 이루어지고 있는 것일까.

현장 정의

가자전쟁 일 년 만에
세계의 곳곳에서 반전 시위가 일고 있다.

참으로 바람직한 인간애가 표출되는 현장이다.

듣기도 보기도 싫은 살상 파괴 소식을
날마다 접하기 지긋지긋해서다.

인간애를 몸소 실천하는 정신에
자자손손 영광 있어라.

지구촌 비극의 불씨가 소멸되는 그날까지.

제
8
장

기막힌 마음

각별한 친구와의 이별에 길들여지면서
자나 깨나 죽음 연상에 물들어 있다.

세월이 정감을 품은 길을 거슬러
교육용 시신 기증 코너를 기웃거린다.

부질없는 짓인 줄 알면서도
공중분해 되고자 하는 기막힌 마음이라니,

투철한 자립 기반임에도
장수를 누리는 양심이 주변 눈치를 살핀다.

주거지 고민

피할 수 없으면 즐기라니요.

집음으로 주거지가 몸살을 앓는데
소리 소문 없이 찾아드는 나들이객은
견디기 힘든 주민을 개의치 않는구려.

피할 수 없는 억지 쓰지 말자구요.

여우비

여우비 깜짝 방문에
소스라친 사발웃음 소리가 담장을 넘어와

젊었을 적 기억에 사로잡힌 노인 홀로
여름을 가로지른 망상에 빠진다.

더는 여우비에 당할 일 없는 무사안일이
혼자라는 사실 마저 감싸 주어

창을 열고 바라보는 하늘은
바쁜 바람 더딘 구름 얼룩놀이 한마당이다.

내 안에 비밀

무서워서 울지도 못하고
어두워서 달리지도 못하고

주어진 길을 매진하던 근성은
아직도 아우성치는 내 안에 비밀인데

말 물어 마땅한 조치를 알지 못해
상처를 보듬은 과거에 시달린다.

비롯된 바를 아파하는 나와
사철이 무난한 제2의 내가

수시로 교우하는 막장도 끝장이라고
뒤죽박죽 숙면이 현상 유지에 급급하다.

되풀이

가슴속도 머릿속도
채우고 비우고를 되풀이하건마는
갈수록 진행이 여의치 않구려.

타고난 속성과 때를 만난 건성이
고양이 쥐 생각 하듯
서로를 노리는 관심사 탓이라오.

혼자 사는 것이 제일 편타고
한 말을 갈등하고 후회하다가
테두리에 갇힌 본성이 숨 막히면 어쩌지.

어리석은 처신

인물 좋고 선하고 학벌이 그럴싸해
총망받던 인사가
어쩌다 눈살을 찌푸리게 하는가 하니

혼자 기고만장인 어른이 되고 나서
위신은 뒷전이요 욕망이 우선인
어리석음 때문이었다.

영악한 사람이 빛을 보는 세상에
뒤처진 처신이 안타까워
선악 배분의 요령을 짚어 보인다.

자살 등급 1위국

실패는 성공의 어머니라 말하는
현명한 우리들이
어쩌다가 자살 등급 1위국에 놓였는가.

목숨은 자기 것인 듯
가장 엄숙한 여럿에 속해 있어
그 내력만큼이나 큰 죄를 범하는 자살이기에다

생명은 지키도록 주어진 것인즉
절대로 버려서는 아니 되는
지고지순한 영물인고로.

풍치림

어쩌나 골몰했던지
예전엔 그런가 하고 넘긴 풍치림이
날로 인간사와 교감하는 모양새다.

스쳐 간 것들이 발부리에 차이도록
주름진 세상사에 휘말려
진수를 외면당한 토착민 뒤로

떼 지어 날아든 외지인들이
풍치림을 배경으로 선경을 선보인다.
초연한 한때의 주인이고 싶은 결의도 새롭게.

마침내

구차한 자존감과
끈질긴 어지럼증 사이

어처구니없는 우월감 때문에 진심이 시들고
가슴 한구석에 어름 조각이 떠돌았으되

그가 감히 넘볼 수 없는 고품격 선물 공세로
밀어붙인 제압술이 예술이었다.

유연한 단절이 회생의 아침을 맞고 보니
자기 본위 철딱서니가 내 안에도 있었구려.

제 9 장

11월 소묘

가는 가을 못 잊어
앙상한 가지로 남은
등걸모양새의 11월이 묘하다.

겨울을 대비하고 견제하는 질서에
왠지 모를 낭만이
한해살이 결실에 힘을 실어 주어

곳간은 벅차고
마실 돌이 정분은 푸짐한 고로
두 팔 올린 만세형 11월이 복되다.

마무리

계절병을 고질병이게 하는 요지부동
하수인 노릇은 몸통 차지.

사철 모둠 잔칫상에 익숙한
마무리 정신은 갈수록 간절한 삶의 진미.

초승달 웃음을 웃다 말고
보름달 환희에 사로잡힌 정감은 온 누리 몫!

갈증과 갈등

출산 소식 갈증과 고령사회 갈등 속
사무친 내력의 체험장에 사노라니.

육신은 초췌해서 믿을 바 못 되고
정신은 심오해서 따를 바 못 되누나.

이러려고 그렇게 살고파 하고
보고파 울고파 몸살 했었나.

내 마음 나도 몰라 하지나 말지,
오죽하면 윤회를 벗어나자 했을까.

있는 이대로

더할 것도 덜할 것도 없이
있는 이대로 구김살 없이 사는 거다.

양산이었다가 우산이 되는 재량을 넘나들며
끝없는 곳을 향한 여정은

나를 주인으로 받들어
죽음을 무릅쓴 어둠을 지배하고

방심은 금물이라는 교훈이
성실을 동력 삼고 있는 이대로 족한 것이어든.

신선미 오류

운명을 벼슬처럼 받들었으되
새 인연을 만나는 신선미는
자기쇄신을 부채질한다지만.

상식을 뛰어넘은 곡에 같은 언어를
독창성으로 착각들 하는데
대책 없는 호응이 더 문제다.

접두어의 낱말 행세 같은 경우,
변화의 바람이 소원인
갈증이 마주치는 꼴불견이 아닐는지.

현장 답사 소견

깎아지른 바위산이 좌청룡 우백호를 그리는 사이
구름 떼가 은연중에 눈부심을 가려 주고

침엽수 군락이 펼쳐진 그 아래
아름드리 돌들을 안고 널리 여울지는 냇물이 흐른다.

설산과 암벽을 번갈아 올라
강심장도 황홀경에 빠지는 행운은

자연이 빚은 절경에 치우친
참되고 착한 마음들을 가려 볼 줄 아는도다.

추위와 더위

순리 따로, 계획 따로 놀던
순진한 시대는 어디로 가고

때아닌 추위와 더위 속에
두드러진 꼭두각시놀음이 기승이다.

인성과 감성이 어우러진
예술성의 한솥밥 시대 그리워

나들이 행락객 흡입력을 지닌
정보를 탐하다 안위를 통째 놓친다.

이끼 안식처

두툼한 비단결 이끼 이불 속에
배짱이 두둑한 산등성이 보인다.

인기척 없는 이끼 안식처에서
이끼 낀 역사의 경지를 더듬자니

고요가 가진 함축성에서
밀려난 갈지자 인성이 한스럽다.

가을 빛깔

내 마음속 별천지에 무르익은 가을 빛깔이
디지털 세상 촉각을 곤두세웠다.

자연과 하나 되는 어부지리 꿈은
행락객 취향에 취해
시간이 재단한 꼭두각시놀음인데

사랑에 살고파 화면에 열심이다 보니
해방을 맞은 나잇살 효과가 극대화 혜택을 누린다.

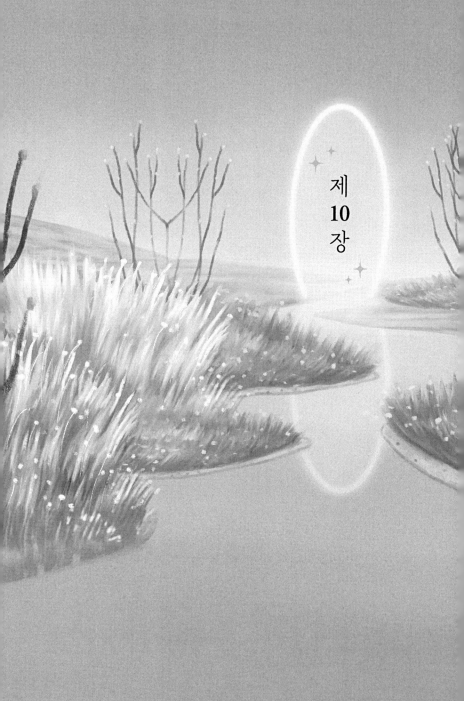

제
10
장

구차한 기다림

내 안에 길들여진 기다림을
돌보고 마름질하는 일이
가장 구차한 노릇이다.

나 아닌 그 무엇이 나를 대신할 수 있기에
좌우를 균형 잡는 내 안에 갈등이
나를 잠 못 들게 하는가.

믿기 싫다는 찌꺼기 근성과
죽기 싫다는 가치관 정립이
뜨는 해와 지는 해의 얼굴 보기 수순이다.

세대 차이

바다와 바위가 만나
물보라 치는 반가움을 몸소 겪을 적에
미처 몰랐던 현기증이
현지 답사 사진 속에 담겨
나를 출렁이게 한다.

파도 소리를 자아내는 부추김과
해묵은 기억이 겹쳐
나는 그만 어깨춤을 들썩이다 말고
그새 얼마나 늙었는지를 가늠하는
계면쩍은 움직임과 마주친다.

숨 쉬는 순간

생물의 흔적이 보이지 않는
황토빛 절벽 사이
흐름을 멈춘 것 같은 흙탕물이 누워 있다.

그 등 뒤에
태평한 바다가
티 없는 하늘을 받들었기에.

주변은 일제히 숨을 멈추어 있고
구경꾼은 모조리 입을 벌렸다.
이런 것이 숨 쉬는 순간이란 설명 없이.

죽음의 이해

과학적인 측면을 통한 죽음의 이해가
상식화한 마당에
문학적인 요소들이 순수성을 헤치더니.

종교적인 난해성에 기여하는
카푸친 수도원 유골성당에서
무심한 신념의 극치를 본다.

내부 구조물에 투입된 인골 쓰임새에
성직자도 예외가 아니어서
죽음을 바라보는 중심 구도가 해체 지경이다.

정신은 살점에 붙어있는 탄소 동화 작용 노리개더냐.
발붙일 까닭 없는 도의적 행락객으로
의지할 바 없는 우리는 어떡하라고.

이웃 소식

꼬리에 꼬리를 물듯이
외국 주재 외교관들이 탈북을 꾀하는 소식이
우리의 뉴스 시간대를 밝힌다.

폐쇄성이 일그러지는 낌새로
사람이 사람답게 살게 되어 반가운데
하물며 가족 동반 소식에 있어서랴.

굶주리는 동포가 지척에 있는데
살찌는 걱정에 사로잡혀 살다니.
우리의 사치가 치사하지 않은 때는 언제 오려나.

유혹의 입김

오르막, 내리막,
가릴 겨를 없는 삼복더위가
여름나기에 여념이 없는 중에

가슴 풀어헤친 바다는 단체로 오라 하고
무심한 산은
혼자 스며들어도 부족함이 없다 한다.

열대야 증세는 오지랖도 넓어
밤낮을 가리지 않는 유혹의 입김처럼
은밀하고 솔깃한 계절 지킴인지라.

완전한 포옹

살아생전에 완전한 것은 없다 했는데
죽음이라고 하는 완전한 포옹에 들기 전
무얼 몰라서 하는 말 같다.

죽음을 들락날락하는 생각이
나를 점령하도록 버려 두는 세상 미워
철저히 익힌 안식이려니.

하지만 숨결을 막아
완전을 꾀하는 포옹이라니.
나는 차라리 버림받은 야생 그대로이고 싶다.

부귀영화

조국이라는 큰 품 안에
깜짝 선물 같은 부귀영화가
혼자 왔다 혼자 가는 길을 탐스럽게 한다.

고향 사랑 도우미들이
주변에 널려 있어.

만남의 가치가 열매 맺는
줄거리가 만들어지고
알맹이 없는 선심이 모닥불을 지피면

비로소 어우러지는 내 안에 느낌이
숨은 허영에 결코 뒤지지 않누나.

말 대신 글

일회용 삶에 다채로운 여운을 남기기로
말 대신 글이라 했는데

속풀이, 한풀이에
말이 가진 여운이 그리운 시점에 이르고 보니

가슴 졸이는 긴장 없이 시간에 쫓기는 조바심 없이
읽고 쓰고 남기는 글은 멀고 너무 더디다.

말은 주워 담지 못해도
글은 고쳐 쓰니 좋다 했는데

새로울 것도 고쳐 볼 일도 없이
장군 멍군 엎질러진 말들이 마음 밭에 다채로운 도장 찍기다.

제
11
장

신선놀음

노을빛이 펼친 정경이
생명 가진 것들을 신선놀음이게 한다.

하늘과 산과 강이
통일을 이루는 빛의 결집으로

저물도록 아롱진 것들이
흥망성쇠와 상통하는 망상에 빠져

자칫 잘못하다가는
돌아오지 못할 길을 건너고 말까 보다.

작품과 인품

먼저 인간이 되란 말이
정수리에 꽂히는 작품 세계이거늘
작품과 인품을 따로 말해 무엇 하리요.

대비할 겨를 없이 세월 가고
매듭을 풀기도 전에 다들 떠나고

미래에 미치는 영향과 직결된
인품 정리라 여기는 기대는
한사코 기대치에 못 미치게 마련이라오.

효자 남자

주말마다 찾아와 노모 옆에서
잠을 자고 떠나는 아들을 가리키며
치매 엄마가 딸을 보고 묻는다.

"엄마, 저 남자가 누고?"
"효자 남자."

생뚱맞은 질문에 엉뚱한 대답에는
아는 둥 만 둥 한 체념이 있을 뿐
치매 환자 가족의 비극에는 아파할 길마저 막혀 있다.

원근법 감상

애기 단풍 속살처럼 눈이 부시게
갈수록 윤이 나는 빛의 정신은
사철 움쩍 않는 설산을 바라보며
자리매김한 것들과 대조를 이룬다.

젊어서 누리지 못한 풍요에
평화를 더한 원근법 감상이
전문가 수준으로 보상받는 추세에
어우러지는 내면세계가 정상급 수준이다.

걸음마 작전

침체되기 쉬운 하루를 돌보는 일이
걸음마 작전에서 이루어진다.

한심한 걸음걸이일수록
남모르는 열과 성이 총동원된다.

살아남기 작전에 투입된 성심이
하늘 우러러 뭐라는가는 모르는 게 약이다.

노을

뜨는 해와 지는 해가
똑같이 발산하는 노을빛에서

사람들이 느끼는 감회는 무궁무진할 것이나
사라져 가는 빛이 그렇듯 초연해서

노을빛에 취한 해넘이 인생이
각별한 행복을 누리는 위세다.

허황된 꿈에 심지를 박는 위안을 곱절이게 하면서
자연의 이변을 자기 것으로 만든 노을은 언제나 새롭다.

맨발 소동

야생화 환영에 길들여지면서
추억을 빚는 지름길에는
시린지 저린지 모를 지경에 젖은 맨발이 있다.

국화주 솜씨가 별나시던 어머니는
한가득 차오른 꽃바구니에
각별한 애정을 쏟으셨고

칭찬에 약한 나는 그때의 이뿐이로 돌아가
허둥지둥 국화꽃 서리에 여념이 없다 보니
잠자리에서 나를 깨운 건 언제나 얼얼한 맨발이었다.

무병장수

검은 머리가 새로 나오면서
무병장수 추세가
다분히 자신감의 지지대 구실을 한다.

기력 보존이란 해바라기 양상에
달맞이 순간을 덧댄 경지는
우여곡절의 색깔별 맛을 알리고

양보다 질이 우선인 홀몸 가꾸기에
자기 본위 추세 갈아타기라니!
도랑 치고 가재 잡는 격이 제격이로다.

불행 속 다행

가뜩이나 우중충한 환절기에
돌풍 동반 호우가 난장판을 이루었다.

하필이면 가난을 멍들게 하고
상처가 덧나야 직성이 풀리더냐.

공중에 흩어지는 공허 속에
구호를 외치는 외마디 소리 이전에

긴급을 요하는 상황 관리 소식이
발 뻗고 단잠 자는 국민을 품는다.

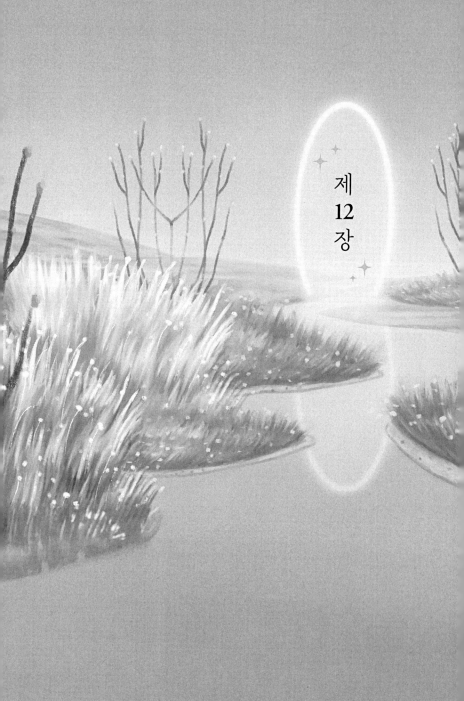

제
12
장

관용

문안 전화에 인색한 아랫사람에게는
섣부른 지적보다
차원을 달리한 관용이 효과적이다.

의례적인 인사치레 끝나고
덕담을 주고받은 다음
-전화 고마워-를 강조하는 것이다.

섭섭하고 울먹한 정을 뒤로한 채
또 얼마나 기다려야 그 음성을 들어 볼까 하노라면
스스로 선물에 목말라하는 사치한 인물이 되어 있다.

나의 분신

체중에 걸린 생각 때문에
죽을 수도 있다 했는데

어느새
미숙아 걱정을 태동하고 있는
마지막 작품을 돌보는 중이다.

골골 팔십이란 옛말을 구십으로 고친 장본인인데
구구 팔팔 이삼사란 유행어를 몰라볼까.

본체는 가도 분신은 남아
이울 줄 모르는 사랑에 사는 해넘이 구성 고마워라.

새벽 까마귀

까악! 까악! 우짖는 까마귀 소리에
기분이 별로여서
검정 털 빛깔에 윤기를 입힌다.

근엄한 모양새가
마실 돌이 새들 중에 군자인 듯싶은데
어쩌다 흉조의 허물을 썼을꼬.

딱한 내력에 금박을 입혀
은혜를 아는 길조로 알려지면서
새벽 울림의 실상이 색다른 효험을 방출한다.

서로 다른 사정

상반신 따로, 하반신 따로,
춥고 덥고, 강하고 약하고
서로 다른 사정인 채 서로를 의지하는 참을성이 기차다.

머리는 명료하고 다리는 부실한 몸이
치매 없는 족적 보기를
저승길 복주머니 어루만지듯 애지중지하는도다.

육신과 정신이 서로 배반하지 않고
가족에게 간병 걱정 끼치지 않고
나 하나의 불편에 그친 노후는 귀함 받아 마땅하리다.

중독될까 무섭다

잘 살아 보자는 겐지, 막살고 말겠다는 건지
막말을 상식하는 당정 분쟁에는 민심이 동나고
온갖 자연재해에는 농축산물이 거덜 난다.

당면한 문제는 빠져나갈 길이나 있지
식수를 위협하는 녹조류 심각성에
시달리는 내용에는 왜들 말이 없는가.

죽어 나가는 양식장 참상에 이어
암암리에 진행되는 중독 증세들이
한심한 앞날을 경고하는 모양새에 중독될까 무섭다.

부침개 부치는 내력

여럿이 한 마음으로
부침개를 부치던 기억이 깨어나

허전한 냉동실을 채울 겸
혼자 사는 내력을 각색하는 마당에

냄새는 왜 이웃을 그립게 하고
이웃은 왜 그림자조차 없이 사는지.

이웃사랑이 짝사랑이어도
절룩거리지 않는 생활상이 외롭다 못해 서럽다.

지구의 경고

기상 관측 이래
200년 만이라는 물 폭탄 세례에
극한 호우라는 용어가 등장하더니

10만 년 만의 폭염이라는 지적이 무색하게
연일 기록을 경신하는 찜통더위가
사람의 안녕을 위협한다.

초록이 사라지는 사막화 현상이나
빙하가 줄어드는 온난화와 달리
발등에 떨어진 불똥에 우리는 넋을 놓고

지구의 중병설을 되짚느라
어제 한 말 다시 하는
통속적인 죄와 벌을 깡그리 잊을 판이다.

오물 풍선

부끄러워 죽은 무덤
장식할 일 생기겠네.

지도자의 업적 같은 오물 풍선이
민망한 세계의 이목을 향해
날고 터지고 가소로워 한숨짓누나.

치사한 짓거리에 발단이 어디에 있고
무엇을 위함인지 도대체 모를 일이다.

불면의 공포

산짐승 울음소리를 닮은 바람을 마실 돌이 중이다.

2차 3차 창문 단속을 하노라니
자정이 지나도록 잠 못 이룬 이웃의 긴장이
불빛을 통해 고스란히 전해진다.

잠 못 드는 분쟁이 경쟁을 방불케 해도
소외감을 못 이겨 전전긍긍하느니
나누어 가진 동지애가 푸근하니 좋구나.

바람이 밖에서 울지 언제 방문을 따고 들더냐.